握紧又松开的

云朵

张春林 著

天津出版传媒集团
百花文艺出版社

图书在版编目（CIP）数据

握紧又松开的云朵 / 张春林著 . -- 天津 : 百花文艺出版社 , 2025. 6. -- ISBN 978-7-5306-9199-1

Ⅰ . I227

中国国家版本馆 CIP 数据核字第 20251MG219 号

握紧又松开的云朵

WOJIN YOU SONGKAI DE YUNDUO

张春林　著

出 版 人： 薛印胜

责任编辑： 郑　爽

特约策划： 李　瑶

装帧设计： 悟阅文化

出版发行： 百花文艺出版社

地址： 天津市和平区西康路 35 号　**邮编：** 300051

电话传真： +86-22-23332651（发行部）

+86-22-23332656（总编室）

+86-22-23332478（邮购部）

网址： http://www.baihuawenyi.com

印刷： 四川省东和印务有限责任公司

开本： 880 毫米 ×1230 毫米　1/32

字数： 124 千字

印张： 6.25

版次： 2025 年 6 月第 1 版

印次： 2025 年 6 月第 1 次印刷

定价： 65.00 元

如有印装质量问题，请与四川省东和印务有限责任公司联系调换

地址：成都市高新区双柏东二街 113 号 5 栋 1 层 1 号

电话：028-87586033

邮编：610000

张春林，1979 年生于四川宜宾，中国诗歌学会会员，四川省作家协会会员，有诗作在《中国作家》《十月》《星星》《边疆文学》《鸭绿江》等刊物发表。

一个人的精神版图和他的四重奏

毛子

在我个人的词汇表上，张春林是一个蕴含温度的名词，也是一个充满变量的动词。

作为名词的张春林，他伸延的后缀是沉潜的诗人、文化情怀的官员、故土的赤子、信赖的朋友……而作为动词的张春林，则是在世界和诗歌的王国里不断跋涉、求索、构建的穿梭机和建设者。很难用一个简单的标签和词语勾勒他清晰的肖像：他温文尔雅又剑走偏锋，他安静腼腆又胸有激流，他君子翩翩又江湖仗义。所有这些矛盾而对立的特质，在他的身上竟是那么的和谐和统一。它们从不同的侧面立体的展现出一个诗人的形象和气质，也印证出文如其人的诗歌特质。

暮春时节，有幸先睹为快的分享到春林兄即将出版的诗集《握紧又松开的云朵》。打开他的文字，穿行在他用语言编织的世界里，一股扑面的清新让我渐渐远离了外部世界的喧嚣。我不禁在远游、在陶醉，在分享诗歌带给我的震撼、动容、温情、疼痛和眷恋。放下书，遥望窗外生机盎然又纷乱的世界。我仿佛经历了一次“春服既成……风乎舞雩，咏而归”的诗意畅游。

《握紧又松开的云朵》由“见人生”“体百物”“话家乡”“听四季”四个小辑构成，它们就像四个乐章，四个音区共同交织出一个人的诗歌交响。

在“见人生”的篇章中，作者以热爱和悲悯并驾齐驱，以敏锐和怀柔双管齐下。将诗歌置身于日常生活的现场，以多视角的投射和聚焦，为我们定格出生活洪流中无数的瞬间和片段，并从中进行人性的切片、取样和关怀。“我曾在秋天来临前/说动过一坡枫叶/曾在盲人双手合十时/说动过一颗流星/曾在破庙的襁褓里/说哭过一位母亲/也曾在双腿跪地的羊羔脖子上/劝退过一把刀子……/只有一件事，我至今无能为力/我曾在鱼追虾逐的大海边/多次劝说一只千年老龟/——生命在于运动/它连眼皮都懒得抬一下”。在这首《劝说》的诗中，诗人以娓娓道来又步步逼近的语调，在内敛和扩张的双重递进中，呈现出诗歌和人性的力量，以及语言在时间中的难处和困境。而《正事》中“我陪一片沙滩/看垂柳躬身寻觅遗失的剪刀/鹅生下的卵石打磨自身/看一条河流拖家带口，投奔大海”所展现的风物之轻，与《重量》中“她弯下腰/用扫帚归拢小区的落叶/又去垃圾桶里/翻出一个个皱巴巴的黄昏”中勾勒出的生活之重，形成轻与重的互相凝视和呼应。这样的凝视和呼应在《居间人》《接送》《八老爷》等作品中进一步的深入。作者从旁观者成为每一个生命的参与者、背负者和关照者——那五平方米的出租屋、无人接听的电话忙音、奶奶背上跳跃的书包、天空上“人”字形的雁阵……这种在场的写作和及物的关切触及粗励而渺小的生活细节，它们像串联的电路，照见生命的欢乐和悲怆。在凝重与诙谐、克制与精准、隐忍与细腻中，出色地绘制出一幅生命与生活的浮世绘，并以此展现出一个诗人开采世界，钻探人心的写作能力，并为我们提供了一份关照与救赎的精神清单。

如果说“见人生”是诗人以一颗怀柔之心对抗这个钢筋、沥青和混凝土的坚硬世界。那么，“体百物”则为我们开辟出一条重返自然与皈依本真的心灵通道。在这辑作品中，诗人将视角和姿态不断的下降，在俯身中从万物中获取语言的声调和分贝，让我们得以重新聆听世界最本真的声音。作者打破了咏物抒情的传统写作模式，将主观的视角切换到客观的立场，让植物和动物自身获得言说的能力。从《误伤》的君子兰中，植物和诗人在伤害中双重的治愈到《假花》中诗人背负着对假花的同情；从囚禁的虎皮鹦鹉探测自由的幅度到战斗的蛐蛐用死亡升起的墓碑；从流浪猫的等待到一株桫椤对远古的认领……作者为我们绘制出一个生态和生灵的自然疆域，在这个疆域，诗人的每一行诗句，都像丰子恺先生笔下的线条，为我们奉献出一颗护生之心和生命的还原之道。

在这部诗集里，作者也同时在进行地理和精神上的还乡与寻根之旅。作者在时光和乡土的背景中，建构起一幅简洁、生趣、隽永的乡村风情画，以此呈现出对岁月的无限回望，并挖掘出一片土地的温度和厚度。

无论是赵一曼故居的桢楠树还是南广河母亲搓衣的背影，无论是老屋褪色的年画到方言里升起的童趣……这些不同的标识和风景都成为诗人回乡的路标和索引。当一个地理上的故乡面目全非，诗人用文字和记忆建立起自己的望乡台，并以此还原出一个人的地方志和心灵史。

春林用自己的文字，为我们保留了一幅古老生活的肖像，一幅乡土中国的照片。在如此的版图和坐标中，作者不仅唤回了山高水长的乡愁和乡音，也唱响了久违的乡情和乡恋。在如此的还乡中，我耳边回荡起胡德夫的歌声：“这是最最遥远的路程，来到最接近你的地方……你我需穿透每场虚幻的梦，最后走进自己的门自己的田”。也是在如此的还乡中，我似乎听到我的朋友春林说：我是一个有根的人，有来源的人！

在诗集的最后一辑，作者将写作的插头直接接通了这个星球的穴位和气眼。二十四个节气仿佛是作者为我们打开四季的二十四个窗口，勾勒的二十四幅季节的肖像，寄出的二十四张自然明信片。作者并非仅仅局限在对节气的自然描摹，而是以宽阔的视野和丰富的联想机制，将大自然的表情和现实世界的动荡并置在一起。就像在《霜降》里，月光下桂花上的霜花与遥远加沙的战火形成巨大的反差，在不动声色中，自然的霜寒和人间的霜寒，它们双重的降临，既打通了自然的经络，又拉响世界神经的警报和呼告。而在《立冬》《小雪》《大雪》等诗篇里，四季草木的枯荣、市井生活的热气和人间奔波的苦累，它们交织在一起，而作者用他拥抱的姿态和悲悯的情怀，为这个生机的世界投放出一种爱意，为这个寒意的世界，快递出一份防冻剂和保暖装。

“见人生，体百物，话家乡，听四季”，属于一个人诗歌交响中的四个乐章，每一个乐章里，有着巴赫的沉郁、海顿的明快、肖邦的热爱、贝多芬的激情……它们成为诗人握紧又松开的云朵。每一片云朵里，诗人握紧的有闪电、有风暴、有雨露、有彩虹。而他松开的是一个诗人对这个世界关切的胸襟，是一个歌者对生命无限的拥抱。

诗人是诗歌的孩子，诗歌也是诗人的孩子。正如匈牙利作家凯尔泰斯·伊姆雷所言：“在人的生命中有一个猛然间认知自己并释放解脱的时刻，从这一刻起，我们称得上是自己，我们在这一刻真正地诞生。”从这个意义上，这部《握紧又松开的云朵》，让我们见证一个真正意义上诗人的诞生，一部真正意义上诗歌的诞生。

写作就是一个人的身世。每个人不同时期的文字，都将构成他个人写作地理上的海拔和高度。《握紧又松开的云朵》既是春林兄近年写作的一次总结，也是对继续前行的一次清空。对于刚刚步入中年写作的春林兄，还有漫长的时光和矿藏等待他用内心和文字去担当，去开采，去攀登。而对于他个人的写作高峰，已在未来向他隐隐显现。我有充分的理由相信他的才华、耐力和底气。这份相信来自他用语言处理世界的能力，写作中安静的定力和与众生万物贯通的分身力。

我要感谢这样变成众生的人，变成万物而歌唱的人。

正是这样的人，让我们心存感怀和感念！

是为序。

云朵照见的人生

——读张春林诗集《握紧又松开的云朵》有感

雁西

这是一本从云中飘来的诗集，梦幻般令我进入一片开阔之地。张春林的诗集《握紧又松开的云朵》，标题本身即充满诗学指向，“握紧”是人对理想之境的把握，而“松开”则是面对无常的坦然。张春林的诗在这两极间行走，既拥抱生活的重量，又保持飞翔的快意。他的诗歌流淌着一种静默的力量，创作根植于巴蜀大地的温润与苍茫，以独特的视角跨越地域的边界，展现出对生命诗意的敏锐捕捉。他将目光投向广阔的人性旷野，从一扇扇窗，窥见生活的真实与温情、脆弱与坚韧。

张春林的诗集《握紧又松开的云朵》以“见人生”“体百物”“话家乡”“听四季”四辑为结构框架，呈现出一种从个体生命体验到万物观察，再回归故土情怀，最终融入自然时序的完整精神脉络。这种编排既体现了诗人对生活多维度的思考，也暗合了中国传统美学中“天人合一”的哲学意蕴。“见人生”聚焦个体生命经验，或通过日常场景折射存在之思，以冷峻或温情的笔触，探讨时间、死亡、孤独等永恒命题，将个体感悟升华为大众共鸣，体现现实主义关怀；“体百物”，是物性观照中的诗性觉醒，以“物”为媒介，展开对存在本质的探索。跳脱“咏物言志”的窠臼，而是赋予物体独立生命，“物”作为时间见证者的角色，非常具有现代性；“话家乡”是对家乡的诗意重构，是情感浓度最高的部分，语言地域性，赋予乡土书写现实厚度，构建起诗人的“精神原乡”；“听四季”是他自然书写的当代性尝试，此辑以季节为线，突破四季范式，将触觉听觉交融，主题上平衡了形而上思考与人世烟火气。在物性探索中注入更多智性，在乡土叙事中保持批判距离，同时深化季节背后的文化内涵。

在我眼中，好的诗都会闪熠不一样的光亮，我从张春林的诗中看到了一层东方禅意的哲思。在他的诗中，万物不仅是倾诉的对象，更是生命的共存者，这种“泛灵化”的书写，并非简单的拟人修辞，而是一种对物我交融的诗性实践，云朵的握紧与松开，恰是诗人对生命聚散的注解。如张春林的《知否》：

卷帘人已离去
浓睡的人继续浓睡
我从一枝海棠中醒来
看见一个人远远地坐在树下
似我，又非我。他说，人到中年
不要转身，闭上眼
伸手向后就能摸到从前
我信了，先摸出一个酒壶
是我，有时醉生，有时梦死
又摸出一支毛笔，笔头已半秃
也是我，有时中锋，有时偏锋
再摸，空无一物。太过分了
居然屏蔽了大半个我

问他为何，他不应
我将秃笔拿到身前
铺开一张宣纸，饱蘸残墨
下半生，不涂绿肥
不涂红瘦。再不济
也要将一朵朵乌云
从胸中涂出来

《知否》是一首充满中年况味与自我对话的诗歌，以李清照《如梦令》的典故为底色，却展开了具有现代性的生命反思。诗中卷帘人、浓睡、绿肥、红瘦等语汇构建起与李清照词的互文，但“海棠中醒来”的瞬间却颠覆了古典语境，不再是伤春惜花，而是直面中年心境。树下那个“似我非我”的分身，恰如现代人的自我审视。“伸手摸从前”的设定充满超现实色彩，酒壶与秃笔成为生命状态的暗喻。当摸到“空无一物”时，戏谑的“太过分了/居然屏蔽了大半个我”道出存在主义的焦虑，这种幽默反讽强化了情感冲击。结尾的转折极具力量：拒绝重复“绿肥红瘦”的审美程式，选择将“乌云”具象化，暗示中年写作的转向——不再描摹外物，而要直面内心。“涂”这个动作本身，成为对抗虚无的积极姿态。全诗在古典与现代、虚幻与真实、幽默与沉重之间保持微妙平衡，最终完成了一场自我的审视与重构。秃笔残墨的意象尤其精妙，既是创作困境的写照，又暗含破局的可能。当诗人决意涂出胸中乌云时，那些被屏蔽的“大半个我”反而获得了表达的契机。在诗的创作结构上，张春林的诗以叙事性片段串联起生命的碎片，保持着抒情的连贯性。比如《断流记》：

夜半拧开龙头
它打着响亮的哈欠
吐出三粒水星
翻个身继续冬眠

再拧，管道传来一阵梦话
像某段被截获的密码
我举着沾满泡沫的手
像一台卡在副歌的留声机

生活，有时也这样
突然拔掉插头
让我们在黑暗中
数着心跳校准时差

清晨迎来转机
苏醒的水龙头喷出一串彩虹
重新伸过来的手如释重负
——所有的停顿
都是命运在换气

《断流记》以日常生活中的水龙头断流为切入点，构建了一个独特的诗歌空间，展现了诗人对生活瞬间的敏锐捕捉与哲学思考。这种语言的自省性，指向对生命本质的清醒认知。张春林的诗歌语言兼具锋利与温厚的包容。这种以小见大的笔法，让日常经验升华为珍贵的记忆。比如《多虑》：

清早，一大一小
两枚鸡蛋捏在掌心
像两颗发烫的星球
——大的该给长身体的儿子
也该给刚术后的妻子
我在天平两端
反复称着爱的重量

妻子拿起大的，剥好
递给儿子。儿子却像闪电
叼走小的，将大的留在
妈妈手上，像一枚
温热的月亮

爱其实不需要称量
就像太阳，从不计算
给过大地多少光

张春林的《多虑》以早餐分鸡蛋的日常场景，展现了含蓄而深沉的情感表达。全诗通过“鸡蛋”这一朴素意象，巧妙构建了隐喻系统：微观家庭的天平称量。

目录

CONTENTS

第一辑　见人生

知否……2

送还……4

重量……5

深夜洗漱……6

临行……7

下辈子……8

往事……9

人字……10

悬崖……11

未接电话……12

放弃……13

升舱记……15

孕事……16

八老爷……18

意外 …… 19
接送 …… 20
居间人 …… 21
警告 …… 23
劝说 …… 24
除夕夜 …… 25
正事 …… 26
当下 …… 27
洗头记 …… 28
识别 …… 30
来都来了 …… 31
茶凉之前 …… 33
纵身一跃 …… 35
陪护 …… 37
醉诗笔记 …… 39
多虑 …… 40
急急如律令 …… 41
手艺 …… 42
淬火 …… 43
等待热水的夜晚 …… 44
远见 …… 45
接力 …… 47
泪水与烟花 …… 49
擦鞋 …… 51

第二辑　体百物

误伤 …… 54
假花 …… 55
近邻 …… 56
归宿 …… 57
春日同读 …… 59
放风 …… 60
突发事件 …… 62
断流记 …… 63
战斗之后 …… 65
河滩上拣化石 …… 66
桫椤 …… 67
昏鸦 …… 68
轻音乐 …… 69
小野花 …… 71
动容 …… 72
竹杖 …… 73
笔 …… 74
折柳 …… 75
填补 …… 76
雨刮器 …… 77
仙人掌 …… 78
羊奶锁 …… 79

中线 …… 80
昨夜，狂风大作 …… 81
无人饮的茶 …… 83
与生俱来 …… 84
导航 …… 85
望远镜 …… 87
枫叶飘在脸上 …… 88
绿箩 …… 89
空山 …… 90
云之约 …… 92
青绿 …… 94
冬笋 …… 95
路灯 …… 96
古巷 …… 97

第三辑　话家乡

赵一曼故居 …… 100
南广河 …… 103
老屋 …… 104
方言 …… 105
江畔独行 …… 107
五粮液 …… 108
安乐泉 …… 110
流杯池 …… 112

大江 …… 114
江面 …… 115
帚尖上的分行 …… 117
原谅 …… 119
发小 …… 120
喂食 …… 121
李庄白肉 …… 122
红桥猪儿粑 …… 124
神羊洞 …… 126
锁江亭 …… 128
半边寺 …… 129
挂弓山 …… 130
配角 …… 132
吼当 …… 133

第四辑　听四季

立春 …… 136
雨水 …… 138
惊蛰 …… 140
春分 …… 141
清明 …… 143
谷雨 …… 144
立夏 …… 146
小满 …… 147

芒种 …… 149
夏至 …… 151
小暑 …… 152
大暑 …… 153
立秋 …… 155
处暑 …… 157
白露 …… 159
秋分 …… 161
寒露 …… 163
霜降 …… 165
立冬 …… 167
小雪 …… 169
大雪 …… 171
冬至 …… 173
小寒 …… 175
大寒 …… 177

第一辑 见人生

知否

卷帘人已离去
浓睡的人继续浓睡
我从一枝海棠中醒来
看见一个人远远地坐在树下
似我，又非我。他说，人到中年
不要转身，闭上眼
伸手向后就能摸到从前
我信了，先摸出一个酒壶
是我，有时醉生，有时梦死
又摸出一支毛笔，笔头已半秃
也是我，有时中锋，有时偏锋
再摸，空无一物。太过分了
居然屏蔽了大半个我
问他为何，他不应
我将秃笔拿到身前
铺开一张宣纸，饱蘸残墨
下半生，不涂绿肥
不涂红瘦。再不济

也要将一朵朵乌云

从胸中涂出来

送还

一夜醉酒
我婉拒了友人
只允许月亮送我

那夜月光很淡
我的影子深一脚浅一脚
如同在重复酒桌上的
感情深浅

到家门口时
我把月光还给月亮
——她需要光
去寻找黑暗中摸索的人

重量

她弯下腰
用扫帚归拢小区的落叶
又去垃圾桶里
翻出一个个皱巴巴的黄昏

像翻拣每户人家的秘密
翻阅一册册散乱无章的账本
从不对外抖落一句
只把有用的实物塞进编织袋——
换成柴米油盐
换成轮椅上的孙子
眼里的一次光芒

那日我下班
看见她正在翻拣晚霞
我把刚刚喝干的空瓶子悄悄地
和夕阳放在一起
让她随手就能捡回去

深夜洗漱

牙刷在齿缝间拓荒成河
血珠突然迸出
像谁在暗处给了自己一刀

冷水是有效的偏方
在鼓起的腮帮里垒砌成堤
堵住溃败的血管
像堵住眼眶里喷薄的血丝

我们总在深夜与肉身谈判
用泡沫的谎言掩饰伤口
直到黎明把疼痛
抵押给又一个白天

临行

我要出趟远门
前去向父亲辞行
他端出一盘水果
随手拿起一个雪梨
刚要削皮，忽然悄悄放回去
转手从瓷白深处捞起一个苹果

刀片轻轻游走，削下的果皮
像我即将前行的蜿蜒的路
接过苹果，我咬一口
甜中带酸，是生活的滋味
咀嚼的脆响惊动了檐下的燕子

走到巷口回头
碎光在父亲白发上织网
他还坐在藤椅里削着什么
苹果早已递在我掌心
空荡荡的刀锋，仍在画圆

下辈子

这三个字，在人间兜售自己
过得好的，想用它延续
过得难的，想借它翻身
一来二去，变成存折和骰子
夜深了，高楼上某扇窗户突然
传出酒话般的梦呓——
“谁偷了我的下辈子？还给我！”
声音像草尖，想要寻回
已经蒸发的露水
像寒夜里摊开的手掌
在风中等一片永不落地的雪花

往事

那时贫穷的衣裳
补丁摞着补丁
像极了许多人的一生
不断撕裂，又不断遮掩

如今的衣柜
济济一堂
像未拆开的信件
像从未试穿过的流年

姑娘们剪破新裤子
在膝盖处制造天窗——
我们追逐裂痕
像怀恋那些旧伤

人字

草丛中潜伏的枪管
像一根绷紧的神经
瞄准北方飞来的雁阵
食指扣住扳机的刹那
天空突然裂开一道缝隙
大雁们用翅膀
写下了一个人字
枪口缓缓垂下
仿佛认出了
自己的倒影

悬崖

小贩的叫卖声随夕阳落下
最后一块豆腐站在木板中间
似有颤巍巍的恐惧
我认出它
如同认出阳台上
那个测量悬崖的自己

想买下它
又怕多出四面陡峭
好结局或许是
——我们都在各自的悬崖上
保持平衡

转身离开时忽然想起
有人曾在绝壁上方站成枯枝
直到便衣警察走近
我才明白，有时拯救
就是佯装
在看同一片风景

未接电话

我远游的手指，在数字键上徘徊
五次无人接听，三次忙音
黄昏在听筒里
慢慢结出一层霜

半小时后，父母回电
父亲说人机分离
母亲说广场舞曲太响。他们的声音
像两片羽毛，轻轻落在
我的担忧上

通话结束时，我的手指
仍在微微颤抖
在这电磁波纵横的时代
牵挂永远是一根
无法挂断的电话线

放弃

雨夜捡回一只鹦鹉
如同捡回被云朵打湿的纸船
放进新笼子，它的叫声
像孤独的帆
妻买回一只鹦鹉，笼子里
闪烁两个跳起探戈的音符

半年后，捡回的鹦鹉病倒
它闭上眼，像甲板上滑落的救生圈
家人落泪，花坛中平添新坟

又买回一只鹦鹉
一年后也西去
带着未曾完成的对话
一连几天，笼子在儿子怀中
淅淅沥沥

现在剩下这只
每天在横杆上练习平衡术

我们不再买了
这样，再过些时日
最多在家里再撑一次雨伞
——生命如风，来来去去
像不断握紧又松开的云朵

升舱记

经济舱售罄的瞬间
云层打开一扇门
递来一张公务舱登机牌

我第一次在天空
一个人占据三个人的地盘
棉拖鞋悬在客舱最前端
不锈钢餐具切开万米孤独
邻座鼾声撞上隔板
碎成带着蓝纹的奶酪

机舱广播在地面响起时
我的羞赧突然失重
——原来所有偶然的幸运
都是生活预留的
隐形舷窗

孕事

这些年，身为男儿身
我十天半月
有时三天两头
——怀孕，分娩
有时生出火来
点燃别人犯下的错误
有时生出病来
把自己这座轻飘飘的山峰
一掌推倒

也有些盐，横竖生不出来
滞留在体内的海洋中
借时间的吹拂，风干为石头
与我还算肥沃的肾
签订不平等条约。为我种下
十年只孕不育的阵痛

现在，我决定
把这些石头磨成棋子

摆在生命的楚河汉界上
与顽疾来一场
永不认输的对弈

八老爷

农村人，老了
便不时在风中愁最后的事
八老爷也愁得骂骂咧咧
后来，里屋添置了一口木棺
八老爷如添新居，时时擦拭
如擦拭自己枯槁的身子骨

八老爷病入膏肓后
多年的好邻居突然离世
来不及准备棺材
先放入了冰棺
八老爷对天长哭
死都死了，又不炖来吃
还保什么鲜

哭完，就把自己的棺材
让了出来，说
让他先用吧
我再熬几天

意外

春节前的路边
雨不慌不忙地下着
一辆从千里之外
急匆匆赶回的小汽车
四脚朝天
压坏了几朵喷雪花
回过神来的小草抖个不停

车里的人陆续钻出来
有人指着天
声称是雨的全责
有人低头懊悔
不该一路上梦见周公
——该跟方向盘多说说话

有人满身泥泞，握着发抖的手机
做深呼吸，向村口翘首企盼的母亲
报了个平安

接送

放学后的街边熙熙攘攘
奶奶和小孙女同路

孙女在前，蹦蹦跳跳
小辫子在背上快乐地甩动
奶奶背着孙女的小书包
书包在微驼的背上一颠一颠的
像她儿时快乐的小辫子

旁边一个小男孩
没有人来接
他迈着爷爷的八字步
背着手，弓着腰向前走
他的后背
小书包也一颠一颠的
像背着爷爷临终前
反复的叮嘱

居间人

小巷内，他端坐在
五平方米的小屋，像一座孤岛
周围是房子的海洋
不论新房旧房
不论团聚的欢喜或离别的空茫……
此刻都已腾挪出来
凑成一串钥匙挂在墙上

他兜售避风港
豪华的、简易的
为别人筑巢。自己却住在
租来的梦里
——巢是别人的，风雨是他的

电话铃响，他陪人看房
细数每扇窗户能漏进多少光。回来时
脚步或轻或重
像看房人眼里燃起又熄灭的火

夜深，他摸黑走进出租屋
妻女已睡，他轻抚女儿的头
将购房的承诺
在胸中又攥紧了一回

警告

他们的婚姻
摇摇晃晃行进六年后
在铁路口一分为二

她留在轨道内
像一列疲于奔命的火车
拖着年幼的儿女
他的火车
从这条轨道驶出
进入另一条轨道
闪电般去往遥远的三亚

从此以后，五岁的哥哥
总是带着三岁的妹妹玩小火车
妹妹不听话时
哥哥常说
再不乖
就送你到爸爸那儿去

劝说

我曾在秋天来临前
说动过一坡枫叶
曾在盲人双手合十时
说动过一颗流星
曾在破庙的襁褓里
说哭过一位母亲
也曾在双腿跪地的羊羔脖子上
劝退过一把刀子……
只有一件事，我至今无能为力
我曾在鱼追虾逐的大海边
多次劝说一只千年老龟
——生命在于运动
它连眼皮都懒得抬一下

除夕夜

奶奶捧回一抹红
爷爷倒着贴上门
“福到了！”他眯眼笑

九岁的孙子踮起脚尖
悄悄把字正过来
“福正了！”他挺起胸

爷爷又倒，孙子要正
奶奶的压岁钱在空中划出弧线
“福倒福到，不许闹！”

新年的钟声敲响时
福字在门上摇晃
像祖孙俩的倔强
在笑声里和解

正事

整个下午
我陪一片沙滩
看垂柳躬身寻觅遗失的剪刀
鹅生下的卵石打磨自身
看一条河流拖家带口，投奔大海
看一片云彩变脸，吐火，点燃半边天……
我没干正事　没去参加他们的讨论
夕阳西下时
一阵散场的风过来告诉我
整个下午，他们也没干正事
一直在讨论我

当下

小巷的早餐店，热气腾腾
圆桌成为龙门阵的舞台
几个人围坐着
谈论世界的风向
俄乌战争的终点，股市的涨跌
仿佛他们是世界的舵手
话语间，风云变幻

有人沉默，专注一碗稀饭
吹散热气，像吹散远方的硝烟
世界再大，也大不过眼前的碗
他先让自己安静下来
再听风声

洗头记

头发长过了耳际
今晚，我决定只洗四肢不洗头
免得一觉之后
头发乱成团，像夜里未解的心事
我要到明天早上洗
梳子轻轻一滑
烦恼也跟着顺了

站在花洒下，水珠倾泻时
思绪却飘向远方的风雨
想着那些未完成的梦
不知不觉，头发湿透
只好顺手抹上洗发露
仿佛命运在无意间推了我一把

早上醒来，头发果然乱蓬蓬
镜子里的我，像被生活揉皱的纸
再洗一遍，泡沫冲走昨夜的疲惫
仿佛把命运反复漂洗

把这匆忙的半生，搓成一颗
悬在发丝末梢的露水

识别

老小区大门改造后
如同夕阳里嵌进芯片
门禁像位新来的老中医
把每张脸都号成会发光的条形码

一对小夫妻在大门口争吵
她把梨花带雨放上液晶屏时
识别器反复咳嗽——
“脉象紊乱，建议重诊”
身后等待的邻居拉长了黄昏

后来，丈夫从口袋
掏出体温尚存的道歉
像掏出一剂祖传秘方
她嘴角上扬，门禁秒开
屏幕忽然朗诵起中医典籍里
关于破涕为笑的
注释

来都来了

来都来了，再局促的屋檐下
也容得下一壶茶，一杯酒
容得下一颗流浪的心

来都来了
势必用双脚丈量一下
山脚到山顶的距离
让石阶一级级数着心跳
让千年积雪在睫毛上融化

来都来了，哪怕江水刺破皮肤
也要游向对岸
成为一条溯流的鱼
逆着时光，寻找那片温暖的浅滩

来都来了
还是排队让医生看一眼吧
或许冬天能被扭转，或许

生命的钟摆，还能
再摇几十年

茶凉之前

杯口滚烫的热气还在舞蹈
有人已将嘴唇凑上去
高温，有时竟也让人迫不及待

有人端坐如钟
等茶叶从死去中活过来
等茶汤如忧伤层层晕染
等温度退到
刚好能一口饮尽往事

有人抽身离去
茶在杯中独自变凉
像一句历经千年的人情世故
慢慢沉入杯底

悠悠茶道
不过是人间冷暖的注脚
我们都在寻找

属于自己的那一杯温度

在茶凉之前

纵身一跃

桥身微微震颤，他的影子比桥更重
压弯了整条河流。二十年来
第一次有这么多人围着他
目光织成手臂，想要把他拉回来
可失恋的痛比数百双手
更用力地拽着他下沉
他纵身一跃，在挽留的呼喊中
划出一道决绝的弧线

游泳队的壮汉们，像一群海豚
扎进破碎的水面
他们要与这条流淌千年的河
争抢一条命

桥上的人们，有的举起手机
有的捂住眼睛，有的嘀咕着——
“这条能上热搜吧”
而桥下的河水，依旧不紧不慢地流着
它见过太多纵身一跃的灵魂

有的沉下去，有的浮上来
有的变成了鱼

直到救生圈套住落日
他被浪花吐回岸上
湿透的衬衫像鳞片
紧紧贴着他的狼狈
围观者数着他睫毛上的水珠——
一颗是疑惑，两颗是悔意
第三颗正顺着鼻梁游进嘴角
他突然大口呼吸，像初生的鱼鳃
在空气里划开崭新的流域

陪护

双腿截肢后，儿女为她
买来这个小城最贵的轮椅
请来一位陌生的大姐
价格是每月五千

大姐推着她，在小区画圈
雨天是止痛药，晴天是康复科
轮椅压过落叶的声响
像极了她年轻时
独舞的节奏

那天她忽然攥紧推车人的手：
“你就是我的另一双腿”
皱纹与皱纹相认
泪水无声

而远方儿女的朋友圈
正晒着新买的跑鞋

配文：“人生如逆旅
我亦是行人”

醉诗笔记

一滴酒是一个字
串珠成线进入杯中
一杯酒是一句话
在舌尖打滑
在喉咙里行走

三杯下肚
细品时，每个标点都是
尚未消化的心事
豪饮时
句子与句子在胃里排版
似连夜雨

直到身体的江河
涨满分行文字
醉意才从毛孔溢出
仿佛谁由内向外
一把推开了千愁

多虑

清早，一大一小
两枚鸡蛋捏在掌心
像两颗发烫的星球
——大的该给长身体的儿子
也该给刚术后的妻子
我在天平两端
反复称着爱的重量

妻子拿起大的，剥好
递给儿子。儿子却像闪电
叼走小的，将大的留在
妈妈手上，像一枚
温热的月亮

爱其实不需要称量
就像太阳，从不计算
给过大地多少光

急急如律令

小时候，我对一只蚂蚁念咒
它依旧爬过我的指尖
弟弟和我捉萤火虫
奶奶总念“放生咒”
萤火虫逃离手心，却点亮整片夜空

长大后，我对一堆日子念咒
它们像雪片般堆积
当它们对我念咒
我像风中的烛火，忽明忽暗

如今，我对自己念咒
——急急如律令
心跳却命令脚步慢下来
走进深夜缓缓的星光
——咒语不过是风过竹林
留下的一声轻叹
不过是梦中
与自己和解的呓语

手艺

修鞋时，他让裂缝完好如初
让断跟重获新生，总少收一块钱：
“鞋要替人走更长的路”

钓鱼时，他的漂子在暮色中沉浮
鱼篓总不落空，妻子说：
“河神偏爱老实人的钩”

那天收摊
他拎起一只刚补好的旧皮鞋
麻线在手中不停摇晃
他眼放金光时
路灯正把影子投进水泥地
像钓起一条搁浅的鲸

精妙的手艺
总在暗处相通——
一根线缝合生活的伤口
一根线打开江河的嘴唇

淬火

火星溅上铁匠的胸膛
溅在汗滴上
烫不穿，灼不痛
——这是第一次淬火

当水缸吞下半截红刃的瞬间
仿佛有谁在沸腾中尖叫
而铁匠把月亮按进冷水里
捞起时，它已学会用棱角咬人

我们都是被生活反复退火的坯件
有人把伤疤锻造成勋章
有人让疼痛在冷水中凝结成白糖
唯有铁匠知道——
每一把弯刀都曾是滚烫的泪水
而淬火池里浮着的
是星辰们不愿凝固的身影

等待热水的夜晚

光着膀子站在老宾馆的花洒下
左等右等，热水像个迟到的老朋友
始终不见踪影
三天积攒的疲惫，像块湿透的毛巾
沉甸甸地挂在肩上

悻悻穿上衣服
打电话给前台，声音像掉进无底洞
等了又等，维修工像迷路的信鸽
迟迟不来。我躺在床上
疲惫又添了一层
像被时间多踩了一脚

——或许，这就是生活
有时滚烫，有时冰凉
我学着热水器的沉默
悄然在梦中翻了一个身
在冷水里
找到了属于自己的温度

远见

两只落汤鹦鹉蜷在树下
羽毛裹着雷声
我们捡回它俩
像捡回两个潮湿的生命

同住一个屋檐下后
它们用喙雕刻生活
每日几勺小米，啄出精确刻度
也有例外，我们举家出游前
加足水，小米装满碟
七天后回家，水和米竟余大半
像未融的雪数着未知的归期
饿瘦的羽毛下
藏着一杆秤

——它们胃里养着稻田
用节制和忍耐
把明天含在喙间
丈量时光的深浅

而我数着烟灰缸里烧焦的日子
背心涌出一阵冷汗
——真正的富足，不是拥有什么
而是懂得留下多少

接力

老小区的黄昏总是很慢
老太婆坐在轮椅上
她的塑料袋里装满鱼骨
流浪猫围成圈，像一群等糖的孩子

春雷劈开地砖时
猫叫声划破长夜。清晨
野猫舔舐她漏风的关节
没人看见她颅内的雪崩

立夏这天，轮椅推出单元楼
邻居们推着整栋楼的沉默
推着这个小区最大的善意
猫群追着殡仪车抓挠
腹部微微隆起那只拼命揉眼睛
揉出婴儿的啼哭

如今，总有人往墙角撒粮
塑料袋沙沙响

像她风湿的膝盖在爬楼梯
楼影歪斜时
流浪的月亮又圆了一次

泪水与烟花

青嫂喜欢看烟花
嫁给青哥那天
星雨溅满她的睫毛
村庄的喜字上反复绽开

青哥和青嫂的日子
像一场忽明忽暗的烟火
有时是灶台边的笑
有时是争吵后的疤
有时是饭桌上的热汤
有时是夜半的相对无言

年至不惑
青哥用肝从医院领回一场硬化
此后，他总在集上买回烟花
绽放给青嫂欢喜的脸庞
深夜，青嫂把悲伤揉成面团
发酵出满是碱味的清晨

青哥走了，青嫂站在风雨里
手里攥着他刚买的烟花
长长的引线吸饱咸湿的月光
有人看见她举起打火机
对着乌云反复摩擦
直到哭声里迸出磷火——
最亮的焰火总是烧穿最深的夜
而泪水浇不灭的
终将在眼眶里永恒盛开

擦鞋

一个女人，正躬身擦自己的鞋
她已懂得廉价的营销
——把自己擦亮，别人才会相信
她能擦亮别人。每天擦不同的鞋
就像擦拭五颜六色的生活
而嘴里总说着同样的话
——男人家暴去坐牢了
大儿子辍学在外打工，去年折了胳膊
小女儿读初中
像古老的钟表，有些迟钝……
当有人起身，她的眼神要跟一阵
像快步跟上自己的杰作，此时
她眼神发亮，一丝痛也没有

第二辑

体百物

误伤

花盆圈不住君子兰伸展的野心
那夜，我醉眼里的花铲
误将叶片识为杂草
斩断两对稚嫩的翅膀
伤口渗出绿色的眼泪，它躲进
自己的阴影
修复被损伤的筋骨

百天后
一朵橙黄在风中摇曳
——一只明亮的灯盏，不念旧恶
原谅了生铁一般的黑夜

伤害也能成为养分
——所有被划伤的生命都该有
更辽阔的愈合
它用绽放，教会人类
以柔韧消化人间的锋芒

假花

被固定在复苏季节
没有绽放的疼痛，也没有
飘零的烦恼
有时，它站在真花旁边
看她们被风嗅出馥郁
看她们平静地把颜色还给泥土
而自己永远
活在赝品的忐忑里
直到有一天
它遇见为盛开而颤抖的蓓蕾
才明白自己的使命
不是复制芬芳
而是替所有犹豫的春天
先开一次

近邻

人伐木造屋，鸟衔枝筑巢
手指和羽翼在森林的账本上
写下不同字体的“家”

夜幕铺开前
人归屋，鸟归巢
梦在各自的屋檐下
温一壶月光

清晨，早起的鸟鸣掀翻梦境
弹弓在抽屉里辗转反侧
最终把杀意
磨成一声叹息

所有未射出的石子
都在掌心，慢慢长成了
莲花的模样

归宿

一只褪色的流浪猫
常在底楼电梯口
蹲成小小的雕像
门一开，它就活过来
喵呜着，缠上过客的脚踝
饥饿写在它的脸上

我没有给过它食物
怕它记住我的脚步
怕它每天早上在那里等待
因为我也流浪在人间
东奔，西走，夜醉归来……
与它不同的是，我尚能果腹
只是有些莫名的酸楚
藏在西装的内衬里

后来，我看见
它每天蜷在一个老太婆怀中
我长出一口气

仿佛是谁伸出月亮的臂弯
结束了我的流浪

春日同读

长条桌上摊开《西游记》
春光把铅字晒出甜味
一只蜜蜂闻讯前来
在字里行间爬成
会飞的叹号

儿子举起铅笔
要赶走这个不速之客
我劝住他——
“看它脚上的蜜，正把文字
酿成另一部真经。”

这时，蜜蜂在“通天河”的地方
打了一个趔趄，仿佛读懂了
九九八十一难，不过是
甜蜜正果的偏旁

放风

虎皮鹦鹉在笼中一声声
把黄昏叫成寒夜
我打开笼子，给它一方自由

它扑向书架
用足印临摹康德的眉弓
啃食绿萝时像撕咬春天
然后停在我的白发上
像踩着一团蓬松的雪堆
它突然俯冲，用尖喙在我指尖
刻下一道刺痛

妻将它关回笼中，判刑三十日
罪名是，飞翔中忘了感恩

现在，我常在深夜将它放飞
看它用翅膀试探天花板
看那些被囚禁的灵魂

只须一道缝隙

就能把自己重新送回天空

突发事件

一粒米饭拖累了蚂蚁的下颚
它正用触角绘制运粮路线
一个男人的鞋跟突然长成巨塔
从天而降
口粮陷入不知情的沟壑里

草屑掩护它躲过第二次空袭
六条腿骂骂咧咧地
追着背影跑了半片落叶
然后，它爬上槐树枝
复眼里堆满灰烬和泪水
而那人依旧走着，走着……
他不知道，自己成功地
挑起一只蚂蚁的怒火

所有命运交集的瞬间
都悬着未落下的脚掌
劳苦生活的上方
常走着无心的巨人

断流记

夜半拧开龙头
它打着响亮的哈欠
吐出三粒水星
翻个身继续冬眠

再拧，管道传来一阵梦话
像某段被截获的密码
我举着沾满泡沫的手
像一台卡在副歌的留声机

生活，有时也这样
突然拔掉插头
让我们在黑暗中
数着心跳校准时差

清晨迎来转机
苏醒的水龙头喷出一串彩虹
重新伸过来的手如释重负

——所有的停顿

都是命运在换气

战斗之后

路边躺着一具蝈蝈遗体
它的胄依然完整
但刀刃卷口，铠甲碎裂
每一道伤口都在胸前
证明它从未转身

我蹲下细数那些伤痕
像读一部战争史
最深的那道
一定是在冲锋时留下的
——它选择了最危险的
进攻路线

用桂花瓣覆盖它时
整座山谷开始颤动
原来每只战死的蝈蝈
都会成为大地上
一块会振翅的
墓碑

河滩上拣化石

峡谷深处的河滩
是一具未被收殓的骸骨
史前巨兽的脊椎
正被朝阳反复漂洗

当山风割开密林时
我们头顶二十一世纪的云
踩进万年前的河
那些奔波的皱纹在旧齿痕上
奔流不息

蓝天尚未走远
每颗沙砾都通向洪荒
几块石头的纹路里
游出亿万年前的鱼
游向我们的指尖
——人类啊，不过是
鱼鳍上新生的裂痕

桫椤

峡谷裂缝里
你不再是菜单上的名字
只是风中的一页侏罗纪

亿万年前，恐龙的胃里
你写满绿色经文
驯服了牙齿间躁动的雷鸣
人间因此省略了
几场血色黄昏

月光把脚趾嵌进叶脉时
山风突然弓起脊背
峡谷开始颤抖
整片森林竖起耳朵
你抬起头，坦然接受咀嚼
——所有奉献者
都长着同一张面孔

昏鸦

夕阳烧毁几朵残云后
暮色变成破棉袄
一只乌鸦掠过水面时
叼起自己的倒影缝补天空

在一根电线上，它收起声声叹息
把自己押成五线谱的休止符
月亮忽略了它的孤独
只有细心的星光看见
有团被遗忘的夜色正在结晶

当整个城市开始数羊
它把翅膀叠进影子，沉沉睡去
为钟爱白天的人
它把自己长成夜的模样
但它执着地认为——
所有不被理解的墨色
都是光在人间未被拆封的礼物

轻音乐

最好有一间安静的草屋
一个安静的人
播放键按下时
草屋和人就变成一只耳朵

最好房顶有缝隙
缝隙的心胸要足够宽广
允许月光流入
允许月光成为听众，最好
天亮才离开

当音乐响起，篝火停止跳动
鸟兽呼吸均匀
月光将耳朵贴近地面
波涛的步伐渐行渐远……
一根手指，有节奏地
轻轻敲击圆形桌面。像唱针
轻轻划过唱片

划过谁

不为人知的心事

小野花

风把一颗花种
吹到一块巨石下
像要隐藏某个秘密
也像刻意隐藏它的春天

花种把巨石当棉被
伸手借一阵风雨
捂紧自己，催生自己
它艰辛地吸涨，增大，露头
侧着身子爬出

没有人知道它经历过
值得点赞的事情
春来时，一点掌声也没有
它背负巨石，顾自开花

动容

日光烈如暴雨
有人在田野劳作
一朵云过来撑起大伞
月光不慎跌倒在地
一堵墙轻轻将它扶起
一颗流星划过天际
故意让盲人听到声响
这很好。这么多年
人间自有暖意
更令人动容的是
当一棵大树需要减负
一片落叶
亦有成人之美

竹杖

竹子老了
就想找个人扶着

腿好的不要
走得快，走得急
看不清路上的风和景

手握的地方越光滑
脚下的路越坎坷

有时走着走着
忽然会停下来
两条腿跟一根杖较劲
看到底是谁扶着谁
看谁忍不住迈出第一步

笔

一支笔写着写着
没有墨了
仿佛一个人连续走了很长的路
精疲力竭。它躺下来
历数卓越和平凡
——写过表扬信、忏悔书
抄过宋词，写过新诗
填过出生证，著过追悼词
描绘过一滴水，赞美过大海
曾写给爱人，也曾写给无关紧要之人
如今没有墨，能干什么呢
想了想，它用干涩的笔头
在一张黑纸上
写下几行白字
画一个两鬓雪白的年轻人

折柳

古时的柳好看
却不是用来看的
常被离人拿在手中
骑骏马日行千里

今日的柳也好看
却比古时幸运
少有忍受折断之苦

那一天
一个写律诗的朋友将北行
我忍不住折柳相送
祝他如柳随处可活
一转身
他随手将柳条插在稻田边

填补

一棵老树，也是大树
每日载着几只昏鸦
对树下乘凉的人
掏心窝子讲故事
掏来掏去，树干掏出一个大洞

有追求完美的人
搬来水泥填补空缺
老树一边讲故事
一边小心翼翼搂着水泥
搂着这生硬的错差

它知道是别人的孩子
但从慈爱的神情看
又视如己出
风吹过，树叶进入春天
——当对外来者的养育成为本能
所有伤口都会
慢慢长出新芽

雨刮器

一生只擦拭天空的伤口
遇细雨便跳慢三步
逢暴雨就甩头击打摇滚
偶尔晴天，便垂下手
像疲惫的工人，等待下一场战斗

多数撑不过四季
某个雨天被连根拔起
接班人继续在玻璃上
重复擦去世界的泪痕

废铁堆里，它藏起磨损的关节
有人看见断臂依然倔强
——机械也有尊严
像老兵把勋章摁进铁骨

仙人掌

仙人掌的仙气在掌心
风起时合十为众生祝祷
雨落时鼓掌，替春天数节拍
唯独刺是最后的慈悲——
当恶逼近，才亮出锋芒

夜深时缩成问号
用月光熬煮体内的毒
每一根刺都在忏悔
扎向世界的伤
先痛的是自己的心脏

沙漠里，它举着绿色手掌
教我们如何捧着希望站立
——尖锐，亦可托住整片天空

羊奶锁

草原上，有人别出心裁
将铜铸成羊奶的形状
羊奶上都留着锁孔
钥匙在手，要开锁
须跪成青草的弧度
“当一回羊羔，才能摸到天地的门环”

有人使尽力气，锁纹丝不动
指甲缝里嵌满铜绿
归途上，他反刍着：是否该低眉
像青草一样，向大地俯首
或许该把脊梁
弯成母亲十月怀胎时的弧度

有人跪着，锁芯轻响
他咯咯笑着，仿佛尝到第一口乳汁
半生的奔波，换回半岁的纯净
羊群漫过，草原低语
——感恩是跪着才能找到的钥匙

中线

车轮碾过隧道中线
尖锐的混响驶进耳膜
方向盘在提醒
——越界的代价
往往是回不去的路

月亮和星辰
在各自的轨道上奔跑
它们从不抢道
所以天空总是那么安静
——管得住自己，才配得上永恒

而人与人之间缺少提示音
有人越过彼此的界限
像打了一个叉
而悲剧就藏在交叉的笔画里
——我们总以为能擦掉重写
却忘了有些痕迹
已成为命运上的阳刻

昨夜，狂风大作

像失控的鼓手
将人间敲得杂乱无章
像愤怒的双手
把月光揉碎，抛洒在大街小巷
声声玻璃，划破浓稠的黑暗

晾衣绳上的衬衫
在黑暗中起舞
它曾包裹过多少疲惫的躯体
此刻却轻盈如蝶
追逐着虚无

坐在屋内，我也是一阵风
与漫上窗台的狂风各司其职
我吹干汗滴，吹醒自己
它吹落秋天，让繁华退场

凌晨三点，风停了
但雨没有来

两只蚂蚁走出尘埃
彼此修复受伤的手臂

清晨
一片枯叶停在窗台
风已远去
留下满地碎影
和一句未及唱出的歌词

无人饮的茶

人们蜂拥而至，会场
像棋子落入棋盘
服务生倒茶，一杯接一杯
直到最后一排
多出一杯，无人认领

边上的人
端起这杯悬而未决的茶
郑重递给座牌“十九排”
座牌沉默不语
它替人间分清位次
从未伸手要过待遇

茶凉了。倒掉时
座牌仍旧端坐不语
仿佛这茶
是一件贡品
本来就不是用来喝的

与生俱来

公鸡站在母鸡群中
昂首挺胸，双腿笔直
仿佛身披锦缎战袍
成为大地竖起的衣领
阳光给他镀金
草尖向他鞠躬

一个突变的傍晚
黑狗像闪电攻击鸡群
公鸡的腿在冲锋中被咬伤
之后的日子一瘸一拐

如今，他站在草垛上
像一面被风撕扯的旗
环顾身边的母鸡和鸡仔
他努力把自己
绷成直角

导航

大街左侧的隧道像根吸管
六十秒就能饮到剧院的灯光
导航却执意要我们右拐
前去品尝五个红绿灯的苦涩

再往前，桥头的中学已撤离十年
滴滴还在叮嘱：
“前方学校，请减速慢行！”
仿佛在背诵
早已泛黄的校规
仿佛光阴从未毕业

我们向服务器抱怨——
弯路在丈量归程
盲区在对抗盲区
而服务器向银河系发送乱码

回家时，我们光顾着说话
步行又绕了一大圈

其实，我们都是迷路的导航员
行进在一条
永远需要校准的路上

望远镜

像一只金属做成的蝴蝶
收拢翅膀停在窗台
人们喜欢拧开它的瞳孔
将远方折叠成内心深处的标本

我也曾用它测量山头与硝烟的距离
教鹰隼在目镜中反复练习悬停
也曾将别人织满山野的果实
拉到眼前，却并不采撷
偶尔也听到，某个跌落的窥视者
正卡在道德裂缝里咳嗽

越远的星光越懂得闪耀
太近的真相反而模糊
往往，我们高举镜筒收割银河
却忽视了枕边人的泪光

枫叶飘在脸上

慢慢走进深山
崎岖把足音碾成鸟鸣
溪水用高音部擦蓝天空
当我腰间的旧伤被白云裹住时
整座森林正在调色盘里打滑

到山顶，我站在一个战士的坟墓前
他没有墓碑，但我知道他是谁
终于抬起头，风刚好对一排树使劲
万只手掌在枝头集体离开
只有那片枫叶突然回头
把静脉烙在我发烫的脸颊

我取下它，对着阳光看了看
虫洞正在背诵迁徙史
我将它放入行囊
让脊背感受秋的重量
一路上，背包里漫出的红渗进脚踝
每一步都落下细小的碑文

绿箩

我收留了他
出差那天，他爬上窗棂
在风雨中挥手送我
像一个孤儿，送他的养父

两周后归来，夏日正盛
他已饮尽盘中存水，匍匐在地
一副半死不活的样子

我惊觉食粮留得不够
连忙浇水，如同帮他输血
半天光景，他侥幸捡回一条命
朝我举起两片最大的青绿
像作揖。我低头写诗
佯装没有看见

空山

花草是山褪色的嫁衣
鸟鸣是山的呼吸，你不来
山便褪成一张空白的宣纸

你来了。脚步比晨雾还轻
山谷把声响藏进老树
我们的对话长出新芽
却刻不进石头

我来了。你缺席的位置
露珠正用慢镜头
把脚印改成一串省略号

这多像垂钓时
没有你的海，是空水
许愿时，没有你放飞流星的苍穹
是空天

而我的心

若没有你的琴音

便是一座

断弦的城

云之约

那年山巅，我解开
雾霾捆缚云朵的绳索
它褪下灰斗篷
重返洁白和率真

从此每遇烈日
它便低垂成一顶遮阳帽
顺带一阵凉风
回收我刚溢出的汗滴

有时，我的泪珠将落未落
总有一滴先行的雨
悬在睫毛与天空之间
掩饰我突如其来的悲伤

此刻仰看流云卷舒
我忽然明白——
所有善意都是光合作用
所有付出都在一念之间

有人看见，也有人看不见
我的掌心，正托着
天空回赠的蜜饯

青绿

草坪褪下冬日的大补丁
泥土裂开，分娩出精细的绿
有人俯身问名问姓
园丁的铲子沉默半晌
——我们负责种，不问出身

三寸高时遇见巡逻的皮靴
保安扫描叶脉如同扫描嫌疑犯
——怀疑它们翻墙而入

三个月后，一夜暴风雨
推倒最后的倔强
没有用了！根须悬在空中
还没来得及刻下草籽的族谱
但所有被碾碎的身体
都成为地平线上的刺青
——最卑微的纪念碑

冬笋

褐色的尖角刺破晨雾
泥上是倔强，泥下是羞涩

锄头敲醒沉睡的秤杆
露珠滚落成零钱
云在竹梢替大寒记账
竹篮装满大地奉出的骨头
正午的炖锅里
翻腾着山神刚兑付的诺言

竹挺直腰杆，把天空一再撑高
而地下的闪电，早已织成网
直待捕获下一个春天
破土而出

路灯

白天是路雇佣的摆设
夜晚用光缝合大地的伤痕
黑暗中，它渺小而发散
却比月亮更接近人间的悲欢

午夜时分，影子被拉长到前世
醉汉的鼾声浓缩在地上
流浪猫衔走最后一粒霓虹
而路灯始终高举自己的心脏
为归人铺一层透明的霜

黎明赶到时，所有光开始融化
流淌到醉汉的脚边，温暖
如家人的呼唤。化作露珠
喂养了流浪猫沧桑的眼神
有人发现
路灯并没有真正熄灭自己
它只是
把光芒还给了白天

古巷

油纸伞已走失在狭长的雨中
青石板路还残留旧时光的吻痕
斑驳墙壁如一幅油画，被反复涂改
宋朝那些事可圈可点

有人带着心中的沉降走来
以为走进了死胡同
却在转角处，与飞檐下的往昔撞个满怀
那扇生锈的铁门后
曾有刀光剑影，如今只剩马尾草
独自摇动一段远去的烽火

清风穿过巷口
如翻阅岁月的残章
古巷不动声色
独自守着它的秘密
如光阴的容器密封了过往
等下一个旅人，将萦绕千年的丁香
燃成星光

第三辑

话家乡

赵一曼故居

英雄如一棵桢楠出自深山
顶天立地
伯阳嘴这片沃土
吸聚天地日月的英姿与温婉
镶在她的脚边

排行老七，是掌上明珠
端女儿这一乳名
可以作证父母捧她在手心
每唤一声
冬水田和溪流就泛起一阵柔情
而伯阳嘴上空划过的流星
总是透着刚烈与倔强
像极了她的性子
为了坤泰，不愿淑宁
山环水绕中
一把不屈不挠的柴刀
斩断裹脚布
斩断兄嫂的桎梏

一把气贯长虹的剪刀
剪断一头青丝
剪断洋油的气焰……
一束锋芒毕露的藿麻
让媒婆们望而却步
她们不懂
她的爱情要从莫斯科发芽

姐夫郑佑之的信纸已斑驳
而随寄的书籍
在大哥制造的烈火中历久弥新
绣楼还在，针线天涯
谁都以为她在绣花
不承想她借窗棂报纸掩护
绣出了熊熊燃烧的火种

背负行囊告别伯阳嘴
在东北的白山黑水之间
在滨江而作的诗歌里
她还绣出如同旌旗的红花
在生命的尽头
甘洒红花般的热血，以沃中华
满天星星拿起针线
在月亮上为她绣一个伟大
——每个人都在自己胸前

绣出她家乡的名字
绣出一朵泪流满面的白花
珠河的百丈瀑布
卷起呜咽的千层沙石
从1936年的小北门草坪
一步跨到白花场
踏上如今的一曼栈道
与一曼溪，与石碾，与海棠
与她亲手种下的桢楠
互诉衷肠

当尚志碑林的大风
拥着英雄魂魄
随后赶到伯阳嘴
人们就清晰地听到
赵一曼复苏的心跳
就看到她用仅剩的两根手指
直指苍穹
以声声镣铐
一次又一次拷问世界和平

南广河

从杨龙湾醒来
日夜流淌，不问归期

童年是浪花间的鱼
在鹅卵石上晾晒笑声

你喂养稻穗的腰肢
让炊烟有了温饱的形状

也曾暴怒，撕开堤岸
在庄稼地里留下伤痕

干涸的年月，河床裂开
像奶奶陶罐上的冰纹

而今你依然清澈
继续淘洗着人间
像母亲搓衣的手势
总是先于阳光抵达河床

老屋

我们一家人搬走了，老屋还留在原地
年画褪成灰白，灶王爷的笑
悬在墙上，像一句未尽的叮嘱

南广河依旧流淌，带走童年的倒影
犀牛山弓着背，驮着落日前行
苦竹在风中低语，像一群守夜的老人

陈家寨老城墙的裂缝里，藏着
无数个离别的傍晚，砖石间
青苔爬上记忆，蟋蟀在墙角
搬运着遗失的岁月

而老屋，像一位沉默的守望者
用蜘蛛网测量时间的深度
用空荡盛满曾经的悲欢
直到某天，风推开虚掩的门
才发现最深的念想
早已刻在它的骨头上

方言

有人说，方言是方的
棱角分明，像一块块
从古至今的砖
砌成墙，隔开南北
却隔不断风里的乡音

在四川，方言是圆的
像一枚月亮，走几道弯
拐几道坎，才变了调
“曲吗黑”是夜色的临摹
“打堆堆”把八方聚拢
“紧斗下”是秋雨的絮叨
每个词都裹着生活的温度

方言是世界的调色盘
谁攥紧手中的日子
大声喊——
“安逸得板！”
声音滚过山坡

落在时间的河里

溅起一朵朵

互为故乡的浪花

江畔独行

从水泥桥数到铁桥
五百步，仿佛一生的距离
我把这一段江
分为下游中游上游
而江，把我折算成三截烟灰

我逆着水纹向上行走
数着这里的故事——
有人在这里布施笑声
白鹭从水中叼走几朵白云
鱼鳞在石缝间长出新的龙门
旋涡是未完成的遗言
浮萍驮走一个潮湿的姓氏……

走到铁桥下，与栏杆交换锈迹后
我蹲成江边最新的逗号
用耳廓接住整条江的胎动
直到波纹和涛声爬进耳蜗
成为另一条隐秘的支流

五粮液

天地干涸，须以佳酿润喉
僰人慕义，须以美酒
待宾与自醉

莫问何为五粮液
来，连干三杯！
谜底已蒸馏四千年
发酵于世人心中
呼之欲出的和美与风骨

莫问此酒生于何地
只需在长江尾取一瓢饮
滔滔酒香中能尝出两个字
——宜宾

莫问杜工部、黄山谷为此酒
作过多少诗词
任由姚子雪曲颠倒三千淡墨
我们眼含重碧

只斟一壶春天给你

莫问此酒前程
风来雨过
浓香如春花开遍人间
银河倾倒
每一滴五粮流入北斗
都迎来天下的仰望

可问我，爱此酒
爱到极致该如何
我便是行走尘世一杯酒
镜映万物，谁喝谁醉

安乐泉

云朵覆盖，日月蒸馏
将地球酿成一个大酒坛

安乐泉涌出地面
便是天地造化的美酒
奔入芸芸众生的心头
无人知晓，地表下有多少清泉
纷纷涌向戎州，要与安乐泉汇流

黄山谷也驾一叶轻舟自江上来
满斟姚子雪曲，酣畅淋漓
身畔清泉升腾薄雾
在他仰头的一瞬，已与雪曲
在舌尖认亲
“老夫手风，须此晨药”
——五粮玉液可治风疾
不再是一个传说

白云生处，山谷挥毫

他饱蘸月色，一曲色泽如玉
名叫安乐的绝唱
渡人渡己，千年流淌

流杯池

也许是盘古的杰作
巨石中开，分列为两山
为一汪清泉让路

黄山谷920多年前的錾子
凿出曲水流觞的创意
自此石床托起流水
流水托起酒杯
酒杯与石凳
共同托起诗一样的生活
——醉翁之意在酒
也在山水之间

游人如泉，流淌在峡谷中
如酒，酝酿各自的甘醇
石凳座无虚席，男女老少
和盘托出酸甜苦辣的诗篇
两边石壁上的辞赋
被仰望，被铭记，被吟诵

被相机或眼神悄悄带走

当游人散尽
夜与清风沉沉入睡
失眠的岩石得以窥见
月亮从池中爬起，穿上长衫
坐在为首的石凳上文思泉涌
爽性提起池中酒杯，一饮而尽
七颗坐在下首的星辰
眼看酒杯漂来
手足无措，冥思苦想

大江

小时候，我在课本上遇见你
一页页翻过你的辽阔
那时你只是纸上的线条
和老师口中的远方

长大后，我站在桥上
看你在夕阳下奔跑
你成了风景，成了照片
成了我向别人炫耀的远方

再后来，我跳进你的胸膛
在寒冬里与你搏斗
你用刺骨的冷，教会我
什么是生命的温度

如今，我坐在岸边
将双手放进你的怀抱
等整条江
缓缓流进我的指缝

江面

天上下着春雨
江面发芽
长出一阵薄雾
江面和薄雾
都有继续长高的愿望

两只货船逆流而上
它们愿望相反
希望礁石向下生长

一只红嘴鸥掠过水面
它不是蜻蜓，不会点水
它的影子藏着
比江心更深的想法

多数时候
江面并不愿做一面镜子
希望有风，把脸吹皱

以阅历对瘦骨嶙峋的身躯
作出判断

帚尖上的分行

清晨的长春街充满灵感
女清洁工坐在石阶上
扫帚倚着肩
笔尖在纸上沙沙作响
整条街都知道
她的诗句总在这时探头

我们提着菜篮经过时
她忽然站起
左手紧攥本子
右手握住扫帚
仿佛突如其来的奇妙构想
足以扫退生活的风雨
让尘埃和纸屑变为星辰

走到东楼街回头
她已一手铁铲，一手扫帚
将人间的琐碎
连同心中剔除的多余意象

一并扫进阳光编织的簸箕里
人们又一次看见
宜宾城塞给她灵感
她以帚为笔
以笔为帚
将街道分行
替城市理清了脉络

原谅

那年雨大，院墙坍塌
三叔在寨门外的风中捶胸
发誓把云层捶个窟窿
第二年天旱，地裂着嘴
他蹲在雪湾的田埂上，不抽旱烟
只等雨声

云终于从犀牛山走来，提着水壶
玉米苗通通站直了腰
三叔卷着烟，自言自语：
“原来老天爷也有打盹的时候”

新苔爬上断墙
蚯蚓在土里记人情账
——雨欠的，雨还
人欠的，蚯蚓用身体
一笔勾销

发小

风，吹来了你
也吹回到南广河上光腚的童年
酒水倒流，思绪穿越
喉咙成了时光机
一口闷下，近半个世纪

归途上，左脚送右脚
五百米路，走成了十里长亭
像重复的话送重复的话
送成一篇小说绵延不断的续集

抵足而眠，不说甜蜜的事
只从梦话里端出几盘油辣子
再干三杯
——醉意里，我们是岁月的游子
明早醒来后，你又将成为我
心心念念的故乡

喂食

长江之头，大白菜在风中舒展
馒头碎成云，蛋糕化作浪
红嘴鸥衔走一片晴空
草鱼、鲤鱼、江团、黄蜡丁……
在水中争抢人间的馈赠
镜头对准翅膀与鳞片
天南地北的脚印
在这里汇成一座桥梁

江水滔滔，却从不淹没
那些微小的生命
而每一粒投下的食物
都是人与自然的密语
在江面上写满温情

宜宾
用掌心托起鸟鸣与鱼影
托起
一座善良之城

李庄白肉

选料要像精选承诺——
肥瘦如四分月色六分云
当它们依偎在青瓷盘里
就是一场跨越千年的联姻

煮透的光阴在刀尖翻身
老厨子单手旋着白玉圆盘
薄刃在日光下练习遁形术
每片都是透明的翅膀

筷尖在三七分处
挑起那片飘动的蝉翼
如浪花般翻卷
裹紧筷子如抱紧生活
在蘸碟里完成一次搏击
五湖四海全是啧啧之声

我们咀嚼着非遗名录
肥的像唐诗，瘦的像宋词

所谓完美人生——

就是肥而不腻

红桥猪儿粑

糯米面掺点大米面
揉进生猪油，四成热水调熟
六成冷水续上——
指尖盘出个光滑宇宙，不粘不裂
任你捏成小猪、花朵
或四百年前的愿望

蒸笼一揭，白胖崽们趴在荷叶上
热气里晃着圆润的腰，晶莹得
像一滴露珠

甜馅是炒香的花生碎撞上红糖
咸馅是肉末混着芽菜碎
在舌尖上辩论哲学
——生活无非是甜咸交替
你咬破的每一口
都溅出油汪汪的岁月

一口吞下一头猪！多阔绰的吃法

猪背上驮着梅雨、稻浪与婚帖……

此刻它在你齿间融化

——美好生活，就是把风调雨顺

嚼得这样细

神羊洞

大地的咽喉深处
一座洞府在钟乳的滴答里
慢慢成型。悬崖上那只活灵活现的羊
是走失的牧童，还是石幔垂下的一缕幽梦
它犄角挑着千年寂静
像挑着一句未说破的天机

我们带着手电、火把和手机
把白昼拧成一根探入黑夜的绳
洞内那些石羊躬身，如在暗处食草
幸好穹顶石壁星光灿烂
如多出一重天空
幸好脚下溪流淙淙
如山腹私藏一条银河
接住不断坠落的
我们的惊叹

最终没有抵达终点
也不知何处是终点

退潮般退出洞穴时，恍如隔世
黑暗在身后重新缝合
半山腰那团漆黑多像块膏药
贴在现代文明的腰疼上
“所有未抵达的诱惑
都是菩萨设的免战牌”——
神羊忽然在视网膜上跑起来
它蹄音清脆，驮着整座山的空茫

锁江亭

铁链移去
岷江恢复了自由
想流水就流水
想流酒就流酒
明月清风在戎州江面
来去自如

锁江石留下两个链孔
望着对岸消逝的半边寺出神
黄山谷醉书“锁江”二字
至今还喷着酒气
真武山头顶醉卧几朵白云

昨夜星辰寥落
我端一壶酒站上锁江亭
身影横在江中
像一段铁链
又像一段闲愁

半边寺

一座小庙，择真武山崖壁而建
临岷江水拍而居
江中有木鱼，寺里无和尚
道士、魁星、龙王与观音同处一室
各领善男信女
飞来椅坐满芸芸众生
目送一条石板大道穿寺而过
直奔大海。后来小庙不知所踪
月照大江时，有人驾轻舟前来
捞起半边寺明朝时的影子
与半个月亮合成圆满

挂弓山

南征归来，雨下得绵长
孔明眉头没皱
弓弦先叹口气——
再硬的骨头，也怕湿气

卸甲的山坡上
挂满弯成问号的弓
箭囊鼓着肚子打盹
人间太平，连风都懒得传令

孔明独坐帐中，抬眼望——
陈塘关的屋檐下
李靖的乾坤弓和震天箭
也闲得发慌
和南天门的值班云，一起打哈欠

如今夜半，新月如钩
轻轻挂住山的肩膀

不想惊动那些

假寐的刀光

配角

阳台本该种花
我偏种葱
一青二白
不是我要它
是宜宾燃面需要这配角

葱花撒下时
味蕾像出席奥斯卡
捧回一朵朵鲜花

某天，葱也开了花
配角的春天单独绽放
所有青白回头看见
面条正在往事中捞取
他们相互扶持的一生

吼当

苗语中的吼当，就是把酒干了
让杯底碰撞月亮，溅出满山的星

篝火啃食夜色，银饰叮当
男女围成圆，手纹叠着手纹
把千年迁徙的路织成绣片
月光在米酒里发酵时
吊脚楼正用木缝吞吐
秦汉的茶马，唐宋的盐

花山节上，芦笙吹响晨雾
汉话和苗语在酒坛里勾调
醉成同一片飞舞的红霞
绣娘把彩虹拆线，重缝
给每个异乡人披上一曲飞歌

吼当，绝不止是仰颈
而是把生活的圆润对准喉咙

一饮而尽。再让空杯

盛满蜡染的黎明

第四辑

听四季

立春

今日黎明写满特别
我姓名中有一个字溜出去
他从去年那天一直盼到现在
迫不及待四处敲门，唤醒万物
他默默做着这些
没有对我说

他似乎知道我早已化身蚯蚓
在星星和月亮看不透的地方
在整装待发的万千种子凝视下
一板一眼
松动人间板结多时的土地

天大亮前
微风细雨将溜出去的字悄悄送还
我装作从未失去过
面朝即将升起的东方
从新翻的泥土中探出身子

看见一年来我按捺下去的所有喜悦

正从天南地北噌噌噌长出来

2024.2.4

雨水

有时从天而降
大地干裂的眼神和伤口
接纳一个个流星般的药方
因慷慨解囊而一贫如洗的天空
袖口飘飞，手留余香

有时夺眶而出
在脸颊上开辟两道河床
谁拭去河流中任何一滴
都是恩啊。有人开始清点
余生涌泉的数量

有时化身清酒
伸进心中，清洗岁月的伤口
洗着洗着，伤口结痂平复
丝毫看不出
当初有人撒盐的迹象

只听见不复存在的伤口处

一朵玉兰眉开眼笑

2024.2.19

惊蛰

夜空醒来，翻身。面向人间
举起阵容庞大的喇叭花
——有些事，还是喊醒比较好
喊得醒
就能再饮一盅魂魄

有时，也不用喊
谁不曾从梦中突然醒来
……十面埋伏，四肢无力
跑不过一只蚂蚁，和断刀
许多峭壁前的冷风
都跌回那一声尖叫里

枕边有痕，背上有汗
像屋内刚下过雨
大喝来临前，有人背对天空……
手忙脚乱
翻拣一段魂不守舍的尘封

2024.3.5

春分

有时双手合十，指尖对齐
暗号般的指纹严丝合缝
像麦浪覆盖波浪
有时顺势搓两下
也不是为了搓下冬天遗下的寒

合的宿命有时是为了分
手指像花瓣次第打开
V字中，飞出两只蝴蝶
像谁前世匆忙的爱情
又飞出一本书，无字
风刚好翻到一半
——像读着谁
前不挨村后不着店的人生

最后，飞出一坛老酒
你非要分给我一半
我摇头。我枯坐季节中间
拿心与天空作最后通牒

——如果它
仍旧三缄其口，滴水不漏
我就又一次双手合十
滴酒不沾

2024.3.20

清明

天空垂泪，或不垂泪
人间能下多少雨
这道题，耗尽了日月的算力

地面已湿成镜子
天空像一个弧形的坑
从车上下来的人
走几步就被云朵绊到脚尖
趔趄着，仿佛
随时随地都可以跪下去

午后，太阳从云中探出头
像天堂里有人露脸
好久不哭的人，抬头看天
佯装擦去眉宇间
几颗汗珠

2024.4.4

谷雨

仔细想来，我就是
田间一粒谷。黄黄的肌肤
曾紧紧裹着
雪白甜蜜的往事

曾发过芽，长成青绿的秧苗
长成沉甸甸的稻穗
见谁都鞠躬
——那是我少有的
受人尊敬的时候

曾变成秕谷
枯瘦的那部分
像天空中压缩的云朵
暗藏一场大雨

也曾是一个谷壳
谁探头来看，都空空如也
谁能想到

那段岁月，我的人生

就差一颗米

2024.4.19

立夏

立得住就立。立不住
就退一步，回到春天吧
——也不差
凋谢的花再次盛开
断线的风筝又攥在手中
鱼死网破有了委婉的结局……
立得住就立。往前走
从心中取出一片繁茂
送给一棵唐朝时的枯树
从心中取出一枚冰凉的月亮
放在沸腾的江面上
——许多事物都需要降温
从心中取出你
——哦不！赶紧放回去
我的心可以错过春天
但绝不能失去热量

2024.5.5

小满

我的瘦是削出来的
而今浑身上下都是陡峭
尤其小肚腩被削去时
带走了前半生多余的水分

就这么嶙峋着，干枯着
时不时跟生活硬磕
似乎龇牙咧嘴是一种清醒
掉一层皮更接近疼痛的本真
我距离柔软和水润越来越远
已看不见一条大江
眼里布满的血丝

今天，谁用远古的声音在天空喊
——“小满不满，干断田坎！”
我不由自主摸了摸脊柱
——我寸草不生的田坎
说得在理啊

我心头每一个伤疤

瞬间化作田坎上绽放的浪花

2024.5.20

芒种

三江升温
谁在鸳鸯锅下种火焰
雨后初晴
谁在白塔之上种凉风
麦芒始成啊
谁在汗滴内心种镰刀……
不去深究。我已登上七星山
种竹。三年后
我将用最柔顺的篾条
编十个竹篮，送给十个孩子
让他们到江边，打水
——不要误会，我不是坏人
我只是想让他们
把隐藏在大江中的另一个我
像打捞一颗种子一样
打捞上来
随便养在哪只篮子里

长成他们，必经路上的

一丛荆棘

2024.6.5

夏至

该来的阳光来了
不该来的风雨没来
——这世间，最令人着迷的
还是抵达。如同错过春天
夏至是一种补偿
如同我的鹿角脱落
大地是一种接纳
如同半夏向上生长
天空是一种拥抱
蝉扭头问我：何为抵达
面朝一片提前到来
站在不远处致告别辞的黄叶
想起它身上的风雨
大于许多人心中的阳光
我轻轻鼓掌，不说话

2024.6.21

小暑

一个小字，足以让人卸下防卫
也难怪，今年夏天缓慢
还没长成暑的样子
蟋蟀流连山水之间
尚未入我床下
苍鹰在低空盘旋
尚未到青天深处寻寒
蝉在树上呐喊：明天要升温
有人翻出蒲扇
有人购买凉风
我不动声色，在云朵凝视下
将三碗新酒一饮而尽
左手拿螺丝钉
右手拿梅花改刀
将风调雨顺牢牢固定

2024.7.6

大暑

还有什么人和事
在溽暑中当得起一个“大”字
40摄氏度的告白算不算
蒸笼的汗颜算不算
石头遍地开花算不算……

空山不答
它有四蝉，互不望见
东边喊，在否在否
西边应，尚健在尚健在
南边喊，多喝水多喝水
北边应，哪凉快哪去

风雨亦不言
埋头磨墨，太阳挥毫
在白云上修改反省
萤火虫衣带渐宽
它们悄悄点燃自己
在轻罗小扇中找回信心

众人无暇，各行其事
有人喂花草，有人喂蚊子
有人趁热打铁，有人情绪中暑
有人收集声东击西的雷霆……

这世间，天上地下都不容易
一阵凉风从某个刚打开的窗口
溜下来，想了想
拨开大街上忙乱的人群
追上汗水最多的背心
写下一个“大”字

2024.7.22

立秋

仿佛告别了什么
又仿佛什么都还在
褪去热情需要时间

也有等不及的
蜻蜓加快点醒水面的步伐
金蝉从三十六计中逃离
稻穗在田，急于告别头重脚轻
急于让乡亲们
收割一个圆满的秋天

“立了秋，渐渐悠”
像老虎面前的祈祷
像蒸笼外的乐观主义
像好说好商量的一声蝉鸣
像一片落叶在高烧不退的空中
不确定的眼神

谁在人间派发传单

入秋宜守容平之道

敛神清肺，以缓秋刑

宜借露珠明亮的眼神

与公鸡仔细核对早睡早起

宜熟读《黄帝内经》，千方百计

把自己收起来

2024.8.7

处暑

八月不谈冷暖
不可将一天掐头去尾

众人纷纷往高处走
带着凉风。回到人间低处时
牵着一头老虎。老虎眼神灼灼
像翻飞落叶的回光返照
像一声不甘心的叹息

鹰隼祭出翅膀，拍打长空
提醒鸟雀莫出头觅食
相亲的乡下姑娘
仰起红扑扑的脸蛋
习惯性地敲敲男方的粮仓

许慎也红着脸，举头望天
说：处，止也
天空一阵忙乱
太阳扯一片云朵遮羞

被大风吹落面红耳热的山谷
北斗七星弯弯的斗柄
趁机往凉月身边
靠了一靠

2024.8.22

白露

已顾不上
露从今夜后的颜色
此时，宜祈祷
祈祷冷空气使用三十六计
反客为主

宜送往
长亭外紧握秋老虎的手
道声珍重。虎途漫漫
往前走，莫回头

宜迎来
古道边接住鸿雁的翅膀
取下去年那滴白色的相思
听三分酸楚，七分美满
宜看燕子转身，笑容可掬
它已预订明年第一份春泥
如定下一门柔软的亲事

诸事皆宜啊

宜煮新酒敬大禹

宜回首蒹葭苍苍

宜盼风中慈母授衣

宜坐水边授人以渔……

宜携群鸟

将草尖露珠改造成一束束月光

细细察看各自的粮仓

如察看向冬而行的胆量

2024.9.7

秋分

落叶已放下怨恨
化身一把把牛角梳
为秋风整理凌乱的头发
化身一架架天平
将秋色均分给路人

雷声已归隐银河深处
高卧太空枕
静候明年最先开口的春蛙
三顾茅庐

虫儿关门闭户
欣欣然清点粮仓
它们祭月，乱穿衣
深信这世上
真有不透风的墙

大江从不刻意减肥
此时却瘦得皮包骨头

江风也瘦成缕缕
它们手持落叶的宽囿
为越来越长的黑夜
为惊扰江岸的赶路人
编织一盏灯笼

2024.9.22

寒露

如果一年只剩冬夏
春秋的手该往哪里放

露珠眼神清澈，了然于胸
它纳星辰、高山、大海
针尖与尘埃……
它深知月亮之上有温暖
人间低处不胜寒

最后一批鸿雁见惯不惊
它们由北向南，饱蘸露水
在天空尽情书写
族群造出的那两个字
它们揣测，或许比仓颉更早

菊花今年有些犯迷糊
开得心不在焉
没有桂花的呼应
它们怅然若失，只得把心思

交给那棵千年荔枝树
求它在最细的枝头
挂上两滴唐朝的泪珠

一片湿漉漉的枫叶
从香山下来
——“即便降落也要保持清醒”
它站在沃土上
举起两滴露
一曰冬夏，一曰春秋
枫叶借几声鸟鸣
将春夏秋冬融为一体
滴血认亲，起名丰年

2024.10.8

霜降

月光落在床前地上
李白躬身拾起
思念的故乡十指成霜

鸟兽落在陷阱里
豺披着霜露前来拾起
如拾起心满意足的粮仓

黄叶携桂花纷纷跳伞
晨风单膝跪地
用洁白的双手依次拾起
继而合十，连称罪过

也有拾不起的
比如远在加沙的初霜
和加沙暗红的深秋
——总让全世界的蛰虫
从睡梦中突然醒来

也有霜长睡不醒
深藏世人心中
有人懒得拾，由它变成雪
更多的人选择取出，举起
像举起人间无处安放的苦累
顺手别在月亮的双鬓上

2024.10.23

立冬

历经春夏秋反复打磨
北方泥土肌肉绷紧
水也变得硬气
大鸟展翅入海为蛤
心肠柔软

此时，许多事情都有了结果
落叶放弃重回高处
羊肉汤坚持做完几道填空题……
南方向天空借一点阳光
露出小蛮腰，抬起手
从枝头摘下自己的小阳春

一只画眉站在秦岭上
两脚分跨南北，眼神迷离
既像寒风一样超脱
又像陷入秋高气爽之中
无法自拔

一大群早睡晚起的人
有的忙于捉迷藏
更多的围着一片红叶
顺着叶脉方向
寻觅被虫子咬过的光
将自己的冬天照亮

2024.11.7

小雪

抬头观天色
天的怀里揣着纷扬
而手里举着阳光
举着南方的不易和想象

风雨过后
彩虹藏起自身
像藏起不为人知的秘密
天气升，地气降
流星在人间低处兑现愿望
黄叶在半空反复练习凋零
原上枯草拒绝了野火
它们将自身连根拔起
静待一场前来播种的春风

一切皆景。不用再观天色了
宜饮几盅老酒
喝一碗热腾腾的刨锅汤

宜用纯白腌制一份好心情
置换心中的雪崩

2024.11.22

大雪

清早的屋顶，来了一层薄霜
算是冷空气给南方的安慰

寒号鸟一边垒窝
一边搓手，顺便点上一根烟
它终于发现劳作时
说话是多余的

老虎学春天的猫
叫了几声。它左顾右盼
终于放弃了守株待兔
背上弓箭，前往大雪山
找两袋奶粉钱

马兰草想一想
决定不再看天空脸色
它接过大地传来的热量
从心中抽出几丝嫩芽

昨夜，有人观天象
有人沙盘推演
他们因寒风不凛惴惴不安
我等不及了，买完菜
站在一个摊位前
——把鹅毛都给我吧
我要下一场大雪

2024.12.6

冬至

冬天紧了紧风衣
看看天上飘过的云
加快了步伐
——越往后走，行囊越轻

广袤大地
蚯蚓仍然蜷缩着身体
经历了太多，它内心平静
却又豪情满怀。即便睡着
也保持一条大江的姿势

密林分开自己
我的麋鹿走出来
甩掉头上的雪花
甩掉雪花吻过的角
甩掉角里多多少少的辛酸

泉水从冰凉的梦中醒转
往手心哈口热气，舒活筋骨

——是时候有所作为了
它们哗哗哗涌出地球
向人间递交简历

接过一碗热情的刨锅汤
我也哈口热气
端起一杯老酒
感到今日北半球有异动
我将心中的黑夜拿掉一分
给白昼的生长留下空间

2024.12.21

小寒

太阳一连几天为地球针灸
人间的疼痛接近尾声
大地下的温情渐渐缓过气来

大雁梳洗完毕，手提行囊
眼含热泪，一飞一回头
它若不走，南方就没有春天

两只喜鹊站在新筑的巢边私语
一年的得失千丝万缕
干脆放在枝头让大风带走
只有一事刻不容缓
——巢中需要一群咯咯的欢歌

雉鸡在山巅鸣叫
叫声里蹦出几朵桃花
去年那只旧识，至今杳无音信
也罢，凝望远方也是一种美

我也凝望着
一眼就望到年的底部
那里既无小寒也无大寒
只有万颗种子在除夕的掩映下
伺机而动

2025.1.5

大寒

有人坐在江边
左手拿起上半年
右手拿起下半年
相互核对了悲欢
一齐放进不回头的浪花

母鸡左手抓起一大把玉米
为勇敢走向除夕的公鸡壮行
右手抓起几枚鸡蛋
瞥见一群鸡仔喊着爸爸
从指缝蹦出来

北方的鹰隼在雪地上空盘旋
看能不能再充实一下粮仓
它对天发过誓
绝不在正月杀生

南方的湖水
还是硬不起心肠

让一群旱鸭子学会了冬泳
鸭子们来到江边，跃跃欲试
它们急着证实
苏东坡说的是对的

我背对风声坐下
把大寒抱在怀里
尝试用自己的体温
孵出一个
浓淡相宜的春天

2025.1.20